Dialogues de Béotie

Deuxième édition revue et augmentée

Dialogues de Béotie

Deuxième édition revue et augmentée

Robert Notenboom

1.- Avant-propos

C'est à l'est de la Béotie que Pomène avait passé sa vie, gardé les troupeaux de plus riches que lui, et c'est là que, bien vieux maintenant, il aimait à se promener, le soir venu, la chaleur tombée, admirant les prés, les bois, le ciel et au loin, devinant plus qu'il ne la voyait, l'île d'Eubée.

Sa femme était morte depuis longtemps mais il ne souffrait pas trop de sa solitude et aimait à deviser avec les gens du voisinage. Un jeune homme, Kouros, en quête de sens à sa vie, souvent l'accompagnait. Parphène, une jeune fille, soit pour le rencontrer soit pour apercevoir Kouros, se trouvait souvent sur son chemin.

Non, il n'était pas seul. Et puis il y avait des étrangers de passage. Ainsi, il avait rencontré une sorte de juif, un chrétien, aux croyances bizarres avec lequel il avait eu plaisir à discuter. Et ne lui avait-on pas annoncé la venue d'un Athénien, un philosophe, désireux de faire la connaissance d'un simple berger ? Sophistas, tel devait être son nom. Il y avait aussi Ploutos, un homme riche et malheureux. D'autres encore.

Ce sont quelques dialogues de Pomène avec les uns et les autres qui par un mystère que je n'éclaircirai pas, sont venus jusqu'à moi et que je vous livre ici.

2.- De la liberté en société

Kouros déboula en courant les trois marches du logis familial au moment même où Pomène passait dans la rue principale du village. La chaleur du jour était tombée et c'était pour lui la bonne heure pour aller faire un tour sur la colline où naguère encore il menait ses brebis. « Que t'arrive-t-il ? Demanda-t-il au jeune homme, ton visage est tout rouge.

- J'en ai assez de cette famille, des '' fais ceci ! '', des'' ne fais pas cela ! ''. Je veux être libre

- Libre ? Que veux-tu dire ?

- Avoir la liberté de faire ce que je veux ! C'est simple, non ? répondit Kouros, agacé par les questions du vieil homme.

- Ah ! La liberté, dit Pomène, songeur, si je comprends bien, tu veux te soustraire à l'autorité de tes parents. Tu demeures pourtant chez eux et ce sont eux qui pourvoient à tes besoins.

- J'ai trouvé du travail chez Teknotos et loge chez lui. Je suis son apprenti...

- Si je te suis bien, tu t'es libéré de l'autorité de tes parents pour te mettre sous l'autorité de ce charpentier ?

Après une courte hésitation, le jeune homme répondit :

- Eh bien oui. Et il a mis à ma disposition une belle chambre au-dessus de l'atelier.

- C'est bien ce que j'ai dit. Au lieu de dépendre de ta famille, tu dépends de quelqu'un d'autre.

- Oui, au début, dit Kouros, mais ensuite j'ai l'intention de me mettre à mon compte.

- Ainsi tu dépendras de tes clients, de tes fournisseurs, du collecteur d'impôts.

- Je veux être libre, bougonna Kouros.

- Mais ce n'est pas possible dès lors que tu vis en société ! Dans une société, il y a des règles auxquelles il faut se soumettre. Sinon, s'il n'y avait pas ces règles, les plus forts extermineraient les plus faibles et …

- Mais n'est-ce pas déjà le cas ? demanda le jeune homme.

- Oui, d'une certaine façon, répondit Pomène en souriant. En fait, les puissants exploitent les plus faibles et les laissent mourir de faim ou de maladie quand ils ne servent plus à rien, mais dans une société policée, tout cela se fait en douceur, ou tout au moins sans violence.

- Il n'est donc pas possible d'être libre ?

Je crains que non !

- Mais toi, tu es libre…..

- Non, dit Pomène, je m'adapte, je ruse et surtout me passe de beaucoup de choses.

- S'il n'y a pas de vraie liberté, nous reste tout de même la liberté de penser ! dit Kouros qui voulait que ce dialogue se terminât sur une note optimiste.

- Le crois-tu ? répondit Pomène. Nous en reparlerons ; il faut que j'y aille. Regarde ! Le soleil rougeoie déjà à l'horizon ».

Il s'en fut. Il ne voulait pas décourager le jeune homme. Et il était bien tard pour aborder ce que d'aucuns appellent la liberté intérieure.

3.- De la liberté intérieure

Kouros était à cet âge de la vie où, sorti de l'enfance, on devient progressivement et plus ou moins douloureusement un homme, où l'on sent naître et croître en son corps des pulsions nouvelles, où l'esprit lui-même, déconcerté, s'aventure sur des sentiers nouveaux. Le travail chez Teknotos occupait ses mains et une partie superficielle de son intelligence. Pourtant, les paroles de Pomène se frayaient lentement un chemin en lui.

Quitter ses parents lui avait été facile d'autant qu'ils demeuraient à un jet de pierre. Il savait qu'il pourrait aller les voir si l'envie lui en venait. Quant à Teknotos, il n'était pas un patron difficile. Un peu bourru, mais un brave homme. Le plus dur pour Kouros dans sa nouvelle vie était de se retrouver seul le soir au-dessus de l'atelier dans la chambrette qui avait été mise à sa disposition. Seul avec lui-même et ce désir non vraiment d'être libre mais qu'il y ait une liberté. Il pensait encore qu'à chaque question, il y avait une réponse.

Il quitta son logis et se rendit au centre du village. Devant le tripot, quelques tables et des bancs. A l'une d'elle, il avisa, seul lui aussi, avec devant lui une carafe de vin et un verre, Pomène qui lui fit signe de s'asseoir à ses côtés. Un autre geste à la servante, et un second verre fut apporté.

« Ne m'avais-tu pas proposé de me parler de la liberté intérieure ?

- Comment aurais-je pu te proposer de te parler de ce qui n'existe pas ?

- Pourtant, fit Kouros, l'autre jour tu m'as dit que dans la société humaine tu t'adaptais, rusais. Si tu fais cela c'est que tu en éprouves le besoin, que tu n'es donc pas tout-à-fait d'accord avec les règles qui la régissent. Comment dire, tu as donc ta propre personnalité … l'aurais-tu si tu étais totalement soumis aux lois et aux usages et n'avais pas conservé un rien de liberté intérieure ? »

Pomène emplit à ras-bords les deux verres d'un vin sombre et épais. Il but une gorgée du sien et le reposa doucement.

Probablement, Kouros, as-tu raison. Je me comporte en effet ainsi. Beaucoup de gens pensent que je me conduis en homme libre et que malgré ma pauvreté, ou peut-être à cause d'elle, je me permets d'avoir un regard personnel sur le monde….

- Tu vois ! dit Kouros, triomphant.

- Je vois quoi ? l'interrompit Pomène avec brusquerie. Je n'ai pas choisi de me conduire ainsi pas plus que les gens serviles n'ont décidé de l'être ni les ambitieux de dominer les autres par leurs fastes ou leur violence ; Je suis et eux sont comme nous sommes parce qu'avant même notre naissance, il y a eu en nous un petit quelque chose qui détermina ce que nous deviendrions, les uns plus grégaires, les autres moins enclins à suivre les règles de la tribu.

- Oui, dit Kouros, nous naissons probablement avec des dons différents. Mais je pense, ajouta-t-il, qu'avec la volonté, on peut s'améliorer, se libérer…. »

« Avec la volonté ? Mais d'où te vient-elle ? Crois-tu que nous naissons tous avec la même volonté, avec le même pouvoir de nous changer nous-mêmes ?

Tout penaud, Kouros, poursuivit :

- Tu as raison. Et même si nous naissions avec les mêmes dispositions, resterait que nous ne naissons pas dans la même famille, dans le même milieu, ne bénéficions pas de la même éducation. Certains iront au lycée, d'autres comme moi, devront se contenter de l'école du village et ne recevront pas l'instruction qui leur aurait appris à conquérir une once de liberté.

- N'aie pas de regret, à cet égard » poursuivit Pomène. En évitant le lycée et la fréquentation des érudits, ceux qui auront été privés de cette formation et de ces relations en subiront moins leur influence et trouveront leur petite part d'autonomie dans la contemplation des étoiles.

- Tu crois donc en la Liberté ! Kouros exultait.

- Pas du tout, répondit le vieil homme. Mais je fais semblant d'y croire. Il faut agir comme si elle existait. Sinon, nous ne ferions rien que boire, manger et dormir. Tiens, tends-moi ton verre et buvons un verre en l'honneur de la Liberté ! »

Et d'éclater d'un rire amer.

4.- Un athénien en Béotie

Arrivé en Béotie, dans le hameau où lui avait-on dit, demeurait un berger dont le nom devait être Pomène - On le tenait pour un sage - Sophistas, l'athénien, descendit de son cheval et, le tenant par la bride, jeta un regard de droite à gauche, cherchant à deviner parmi toutes ces maisons misérables la masure de celui qu'il avait décidé de venir voir. Il avait pour la circonstance évité de mettre un manteau aux couleurs trop voyantes. On ne pouvait deviner sa condition qu'à la finesse de la laine de son vêtement, à la fibule d'or qui le fermait ainsi qu'à sa tunique courte, qui laissait voir ses mollets musclés par les jeux du stade. Un pétase aux larges bords abritait son teint pâle des rigueurs du soleil.

Il avisa sur le pas de leur porte deux vieilles femmes qui bavardaient. Il les interpella :

« Holà, vous là-bas, savez-vous où je pourrais trouver un homme, déjà âgé, je crois, dont le nom serait Pomène ? »

Elles s'esclaffèrent :

« Tiens, un homme de votre âge qui cherche Pomène ! D'habitude, il préfère la compagnie des jeunes gens » dit l'une. L'autre ajouta !

« Il est justement parti il y a quelques minutes avec un éphèbe vers la colline, là-bas ». Elle lui indiqua du doigt la direction. « Vous devriez pouvoir le rattraper parce qu'il ne marche pas vite. »

Au bout du chemin, Sophistas vit, assis sur un rocher, deux hommes, l'un très jeune et l'autre plus vieux, en train de converser. Il les interpella :

« L'un de vous est-il Pomène ?

- Pourquoi me demandes-tu ça, étranger ?

- On m'a dit que tu avais acquis une certaine sagesse en compagnie de tes moutons.

- Il est vrai que les moutons et les brebis que j'ai gardés m'ont enseigné un peu de leur art de vivre… bougonna Pomène.

- Des passions t'ont elles parfois troublé ?

- Tu es bien curieux. Je vais pourtant te répondre. Parce que je suis de bonne humeur. Oui, plus jeune, j'ai éprouvé des passions. Est-ce l'âge ou autre chose qui en sont venus à bout ? Ce que tu appelles sagesse n'est-elle pas seulement une façon de se soumettre aux caprices du destin et de vivre tout de même ?

- Tu sais que chez nous - je suis athénien - la sagesse est l'expression de la déesse Athéna, c'est-à-dire de la raison. Il ajouta en riant d'un air fat : Curieux qu'elle soit aussi la déesse de la guerre, n'est-ce pas ? Encore que ce n'est paradoxal qu'en apparence. Sophocle écrit : … »

Pomène l'interrompit :

« Je m'en suis toute de suite douté, que tu étais un athénien ; à peine ouvres-tu la bouche que tu te réfères à quelqu'un de prestigieux. Tu vois, nous, les bergers, nous ne connaissons rien ni personne et nous devons tout deviner par nous-mêmes.

- Je fais cela, dit Sophistas pour donner plus de poids à mes propos.

- Tu crains donc que ton intelligence, livrée à elle-même, paraisse futile ? », demanda Pomène, qu'agaçait toujours les gens qui se targuaient de leur savoir. Il ajouta : « Autrement dit, tu te refuses à avoir une pensée propre. Tu préfères adopter celle de personnages célèbres, voire t'abriter derrière elles.

- Je ne suis pas esclave de références aux dieux du passé ni aux artistes qui les ont célébrés, mais je m'en sers, comme des écrits des philosophes, pour conforter ma propre réflexion et persuader plus facilement mes interlocuteurs. »

Pomène resta songeur un instant et reprit : « Je retiens de tes propos deux choses. D'abord, que telle une maison branlante, ta pensée - selon toi - a besoin d'être étayée, ce qui pourrait laisser croire que tu es peu sûr de toi, et d'autre part, - n'est-ce pas un peu méprisant pour lui – que tu crois ton interlocuteur plus sensible à la pensée prestigieuse de l'auteur auquel tu te réfères ou que tu cites, qu' à celle que tu aurais présentée comme étant la tienne propre, nourrie d'arguments qui auraient été seulement les tiens . Deux témoignages, selon moi du peu d'estime que tu sembles accorder à l'homme, et curieusement à toi-même.»

Déconcerté, l'athénien, garda le silence, se retenant de laisser éclater sa colère. Pomène, regrettait quant à lui, la vigueur de ses propres propos.

« Viens, allons dans ma chaumière, dit-il d'une voix adoucie. Nous y boirons un peu de mon alcool d'anis pour nous réchauffer »

Sophistas hésita. Jamais il ne s'était rendu dans aucune de ces masures où demeurait le petit peuple. On lui avait dit qu'on risquait d'y attraper des maladies. Mais son voyage n'avait-il pas comme objet de lui faire découvrir des choses nouvelles ? Il pensa à Ulysse.

« Allons-y ! » dit-il enfin. Il emboîta résolument le pas boitillant du berger.

5.- De la Beauté de Parphène

Devant la chaumière de Pomène, un peu éloignée du centre du village, le long d'un chemin cailouteux que personne ou presque n'empruntait, le vieux berger avait disposé à l'ombre d'un pin une table et deux bancs, l'un contre le mur, l'autre lui faisant face. Parphène et Kouros s'y étaient installés. Pomène leur avait servi une boisson rafraîchissante et s'était éclipsé.

Quand il revint après sa sieste, les deux jeunes gens étaient toujours là. Parphène s'adressa à lui, coquette.

« Kouros me dit qu'il me trouve belle.

- Il a raison.

- Donc, toi aussi tu me trouves belle ? fit-elle en minaudant un peu.

– Oui, d'une certaine façon. Cependant je suis sûr que l'admiration que Kouros te voue est plus grande que celle que j'éprouve.

- Donc, tu me trouves pas aussi belle que lui…

- Vous êtes jeunes tous les deux, beaux tous les deux ne serait-ce que de la beauté de la jeunesse, expliqua posément Pomène et les dieux ou la nature ont semé en vous comme une attirance l'un pour l'autre. C'est elle qui fait que Kouros te trouve belle et non les seules proportions de ton corps, la finesse de tes traits ou la fraîcheur de ton teint.

- Tu me trouves laide ! fit Parphène, boudeuse.

- Mais non ! répondit Pomène avec douceur, Tu es belle mais je suis moins sensible à ta beauté que

19

Kouros ne l'est parce que l'âge m'a privé du plaisir ou de la douleur d'éprouver de telles attirances.

- Pourquoi parles-tu de douleur ?, demanda Parphène, surprise.

- Parce que l'on peut aimer sans être aimé de retour, surtout quand on est vieux et laid, expliqua le vieil homme, qui poursuivit : mais Kouros est jeune et peut espérer être aimé de toi.

- Il est si beau ! s'exclama la jeune fille.

- Tu vois, fit Pomène, comme deux aimants vous vous êtes attirés .

- Parce que nous serions beaux aux yeux l'un de l'autre, intervint Kouros en riant pour cacher sa gêne.
- Oui, aux yeux l'un de l'autre, dit Pomène, mais au risque de vous décevoir, cette beauté que vous vous trouvez vient surtout de ce que ressentent vos corps. Si un jour, nous devions parler de la beauté, celle de la nature, de tel ou tel édifice ou de je ne sais quel objet comme cette cruche émaillée, c'est de tout autre chose que nous parlerions. »

Le berger n'osa pas leur dire qu'aux yeux du crapaud, nul être n'égalait en beauté la crapaude.

6.- De la beauté du Monde

Près du village, il y avait un petit bois. L'ombre des arbres donnait un peu de fraîcheur à cette fin de journée d'été, presque d'automne et les feuilles menacées commençaient à prendre des couleurs de fleurs comme si, confusément, elles savaient comptés leurs jours et voulaient laisser d'elles le meilleur souvenir.

Parphène et Kouros, après leur travail avaient rejoint Pomène dans la clairière qu'il affectionnait et d'où l'on pouvait apercevoir le ciel et deviner au loin la mer.

« Ah vous voilà, mes amis ! s'exclama-t-il en les voyant arriver au bout du chemin. Quand ils l'eurent rejoint, il poursuivit :

- Il y a quelques jours, nous avons parlé de la Beauté, de la tienne surtout, Parphène, et je vous avais dit qu'il y avait une autre sorte de beauté. Regardez autour de vous : elle est ici.

- Oui, la nature est belle, fit Kouros.

- Elle est l'œuvre de Zeus et tous les dieux contribuent à sa beauté, ajouta Parphène.

- Même si ces derniers se combattent entre eux », remarqua Kouros qui était encore à l'âge où en lui des forces contraires se jaugeaient, se contrariaient et tentaient de faire de lui un Kouros adulte.

Le jeune homme poursuivit :

« Ainsi nos dieux assurent un équilibre fragile et toujours renouvelé de ces forces contraires en perpétuel mouvement.

- Te voilà philosophe », dit Pomène en souriant.

- Nous aimons la nature, remarqua Parphène, bien que nous ne trouvions pas en elle cette symétrie que les artistes et les artisans recherchent dans les objets qu'ils disent créer. Aucune forme n'est vraiment simple. Pas un cercle qui soit vraiment un cercle ni un carré qui soit vraiment un carré.

- Et pourtant, dit Pomène, cette complexité n'est pas de la part de l'être suprême le résultat d'une volonté d'orner, de faire joli. Tu remarqueras que cet arbre a des proportions bien équilibrées mais que si de ce côté les branches sont plus longues, plus fortes et plus fournies que du côté opposé, c'est parce que du premier il capte davantage de lumière et de soleil. Verrais-tu ses racines, tu constaterais qu'elles sont plus longues et plus développées là où elles sont assurées de trouver une terre plus riche ou plus fournie en eau.

- Et malgré cette asymétrie, cet arbre est beau ! dit kouros.

- Oui, répondit Pomène, c'est même en cela qu'il est beau. Rien dans cet arbre qui ne soit dicté par la pure nécessité. Aucun ornement.

- Et pourtant, observa Kouros, on ne peut dire qu'il est simple.

- C'est vrai, dit Pomène, il est complexe. D'ailleurs il n'est rien de simple et si nous pensions que quoi que ce soit était simple, c'est que nous n'aurions pas été au fond des choses. Cet arbre n'est pas simple mais il est pur de toute complication inutile. C'est cela, la beauté à laquelle je faisais allusion il y a quelques jours ».

Ils furent interrompus dans leur dialogue par la survenue d'un oiseau aux mille couleurs.

« Lui aussi est beau » fit Pomène « Ne pensez pas que les couleurs dont ils se parent sont inutiles. Leur but est de séduire l'oiselle. Voyez-vous, rien n'est simple ! »

7.- De la Beauté en art

« Mais qu'en est-il de la beauté dans les arts ? demanda Parphène.

- Comment veux-tu que je te réponde ? Moi qui ne suis qu'un modeste berger, n'en ai jamais pratiqué le moindre, n'ai pratiquement jamais quitté mon village dépourvu de monuments, n'ai jamais entendu aucun poète et qui de la musique ne connaît que le chant des oiseaux ?

- « Mais tu as bien une idée, toi qui as une opinion sur tout » fit Kouros avec l'impertinence de son âge.

Pomène se renfrogna et garda le silence.

« Quand tu vois une statue ou les colonnes de notre temple ou simplement une amphore, tu éprouves bien quelque chose ; tu sais bien si tu les trouves belles ou non, dit Parphène.

- Certes, répondit Pomène, mais il s'agit d'un sentiment qui m'est personnel et qui serait différent si ma vision du monde et l'idée de ce que je suis étaient différentes elles aussi.

- Oui, nous te savons humble, dit Kouros qui voulait adoucir son propos précédent, et c'est ce qui explique déjà ton refus de tout ornement. Par ailleurs nous te savons en accord avec l'ordre du monde.

- Ne me flatte pas, Kouros ! dit sèchement Pomène. Ce serait injurieux de ta part de me croire assez vaniteux pour être dupe de tes propos ! Ma modestie n'a rien à voir avec l'idée que je me fais de la beauté. Il poursuivit plus doucement : Je sais en effet que je ne suis rien et c'est pour cela que je me soumets à l'ordre du monde. Mais il ne s'agit pas de ma part d'une adhésion. L'ordre du monde, je le subis. Je le trouve, selon la morale des hommes et donc de la mienne, extrêmement cruel. Ce qui ne m'empêche pas de le trouver beau. Pour les raisons que je vous ai dites hier. »

« Alors, en art, que trouves-tu beau ? demandèrent presque à l'unisson Parphène et Kouros.

- En art, et dans toutes les œuvres des hommes que vous les qualifiez d'artistiques ou non, j'aime, non point que l'on imite la nature, mais que l'on en suive les mêmes lois. Rien qui ne soit dicté par la nécessité, rien qui s'ajoute à ce qui est strictement nécessaire pour qu'une amphore garde le vin dans les meilleures conditions possible, pour qu'une maison nous protège au mieux de la chaleur ou du froid, qu'un bateau prenne la mer en toute sécurité, vienne à bout des tempêtes et conduise équipage et cargaison à la destination prévue.

- Mais une statue, observa Parphène, n'a pas de fonction à remplir sinon imiter la réalité et glorifier celui ou celle qu'elle représente.

- C'est vrai, répondit Pomène. Après un silence, il ajouta : C'est vrai, je n'aime pas beaucoup les statues ni que l'art prétende copier la nature. Pourtant, si la statue, la mosaïque, font plus que copier la nature, expriment des sentiments et ne se contentent pas de rendre un hommage servile aux puissants……. »

Il se tut, craignant d'en dire trop. Il rêvait d'une poésie qui exprimerait le plus simplement possible les sentiments qui l'habitaient ou l'avaient habité. Mais cette

poésie n'existait pas encore ou tout au moins n'en avait-
il jamais lue.

« Allons, rentrons ! dit-il, Il se fait tard . Pour ce
qui est de la beauté en art, quand vous le verrez, parlez-
en à Sophistas. Il doit encore être dans notre région.
C'est un athénien de grande culture et il est un expert en
art et en artifices. »

8.- Il n'y a ni début ni fin

« Tu dis souvent qu'il n'y a pas de début ni de fin ni dans le temps, ni dans l'espace.

- Oui, Kouros, répondit Pomène. Je ne sais d'où je tiens cela mais quand j'avais ton âge, j'en étais déjà persuadé. Le monde connu des astres et des planètes peut avoir eu un début mais résulte de transformations en nombre infini. Notre planète, le système solaire, les autres systèmes sont tous éphémères et font partie d'un univers sans commencement ni fin.

- Tu dis aussi qu'il en va de même pour les choses plus petites.

- Oui, des organismes plus petits, microbes, atomes, parties d'atomes et parties de ces atomes, il n'en est aucun qui ne soit né d'autre chose et ne disparaisse en autre chose.

- Et leur nombre, lui aussi, est infini, suggéra Kouros.

- Oui, et ce qui nous paraît être le plus petit, celui que nous sommes incapables de diviser, est un monde aussi complexe et diversifié que notre galaxie. Et le microbe de ce monde est lui-même une galaxie ».

« Mais alors, dit Kouros après un assez long silence, dans le temps, il doit ne pas y avoir de place pour un avant, ni un après. Et dans l'espace, s'il n'y a pas de limite, il est tout entier occupé par de la matière.

- Mais la lumière, l'énergie, notre pensée, nos sentiments, ? ajouta-t-il après une hésitation.

- Ils sont les avatars d'une même chose. Entre l'énergie, la lumière, les océans, la terre et tout ce que tu veux, il n'y a pas de différence fondamentale : ils participent tous d'une même substance.

- Il n'y a donc pas de place pour un dieu créateur ? » fit Kouros, hésitant.

Pomène hésita à son tour.

« Je ne suis qu'un berger. Je ne saurais te répondre. Sinon, que tout ce passe comme si un même ordre gouvernait l'univers. Cet ordre intransigeant, certains l'appellent Dieu, d'autres pensent qu'un dieu en est l'organisateur. D'ailleurs le mot "Dieu" ne signifie-t-il pas "lumière" ? »

Après un court silence, confus de s'être laissé entraîner dans un tel débat, Pomène s'appuya sur l'épaule de Kouros et lui dit en souriant :

« Justement, la lumière faiblit. Le jour va faire place à la nuit. Aide-moi à ramener au village ce système qui se délabre, cette carcasse vieillissante dont ce qui me reste d'esprit essaie, faute de mieux, de s'accommoder et d'en retenir ensemble les parties.»

9.- Le chrétien

Alors qu'il rentrait chez lui, Pomène fut abordé par un énergumène barbu qui l'interpella :

« Tu es Pomène, celui qu'on appelle le sage ?

- Oui, je suis Pomène et je suis berger ; enfin, je l'étais ; et toi qui es-tu, étranger ?

- On m'a dit que tu croyais encore à cette ancienne religion à laquelle tout le monde adhère encore ici et à laquelle personne ne croit plus en ville.

- En quoi cela te concerne-t-il ? rétorqua Pomène qui, craignant d'avoir été trop brutal, expliqua : Il en est ainsi de toutes les traditions. Elles survivent plus longtemps dans les campagnes reculées, protégées des modes nouvelles et changeantes.

- Oui, peut-être, dit l'étranger, balayant d'un geste méprisant cette remarque manifestement sans intérêt pour lui.

- Tu en es encore à croire en plusieurs dieux ?

- Te voilà bien insolent, barbare ! Pomène parlait sèchement maintenant et hâta le pas pour se débarrasser de cet importun.

- Mais, reprit l'étranger, subitement radouci, en courant derrière lui pour le rattraper, c'est parce que je suis venu t'apporter la bonne parole, une parole de vérité.

- Tu n'es donc pas juif ? Pomène s'immobilisa, étonné. Sinon, tu pratiquerais ta religion et me ficherais la paix avec la mienne.

- Je t'apporte la bonne nouvelle ! Dieu, le dieu unique, s'est incarné en un fils, Jésus, donc Dieu lui-même. Il fut mis au monde par la Sainte Vierge Marie, sa mère…

- Tu crois donc aussi en plusieurs dieux, à ce que j'entends. Alors pourquoi viens-tu me chercher que-relle ?

- Il n'y a qu'un seul Dieu. Le Christ est son fils et Marie est sa mère.

Pomène éclata de rire :

- Quelle différence entre tes propos et ce que l'on croit ici depuis la nuit des temps ? Nous croyons encore dans nos campagnes qu'il y a un dieu principal et d'autres dieux, secondaires, qui sont autant de manifes-tations du dieu principal, Zeus. Ton Christ et cette Marie sont donc aussi comme des manifestations de ce que tu nommes le Dieu unique et que je qualifie de dieu princi-pal....

- Il y a aussi le Saint-Esprit , ajouta le Barbare, hésitant.

- Eh bien, tu en as déjà trois, de ces dieux secon-daires ! Est-ce bien utile que nous ouvrions un débat entre nous alors qu'il n'y a aucune différence entre un dieu principal entouré de dieux secondaires et un dieu, unique, dis-tu, accompagné d'un fils, d'une mère et d'un esprit et, si l'on cherche bien, d'autres démons encore .»

Pomène tourna le dos au prédicateur et s'en fut aussi vite que lui permirent ses vieilles jambes.

10.- De la souffrance à n'être pas éternel

« Il y a quelques jours, maître, dit timidement Kouros, vous m'avez semblé regretter, alors que vous veniez de parler d'éternité, que votre corps, que l'âge, ...

- Ose le dire, fit Pomène que mon corps se délabre, que les éléments qui le composent semblent se rebeller contre lui, contre moi.

- Et peut-être aussi, avança Kouros, de ne pouvoir entrevoir l'éternité alors que nous restons enfermés dans notre corps, nés avec lui et destinés à disparaître avec lui.

- Oui, l'homme est à la fois ce corps et cet être qui pense, ces deux parties étant inséparables, n'en faisant probablement qu'une, malheureusement.

- Et nous souffrons de ne pas être immortels et même certains d'entre nous espèrent survivre soit dans un autre monde, soit dans la mémoire de ceux qui vivront après eux, ou, c'est le cas des artistes, dans une œuvre qu'ils pensent laisser aux générations futures.

- Encore faut-il pour cela , ajouta Pomène en riant, que ces artistes aient donné aux autres une image sincère et complète de ce qu'ils auront été ».

Au bout du chemin, arrivait Parphène. Curieuse, elle demanda à Kouros de quoi ils avaient parlé. Kouros le lui dit.

- Voilà bien une discussion d'hommes, dit-elle. Que m'importera de mourir si de l'homme que j'aimerai j'ai de beaux enfants qui continuent l'aventure humaine après moi.

- Tu dis vrai, dit Pomène. Il ne faut pas se placer du point de vue des roses, mais de celui du rosier. »

11.- De la peur de la mort

Kouros se confia au berger :

« J'ai peur de la mort. »

- Souffrais-tu avant de naître ? lui demanda Pomène.

- Je ne crois pas...

- Eh bien, après ta mort, ce sera comme avant ta
naissance. Tu ne sentiras rien. »

12.- Faut-il laisser une trace de sa pensée

« Faut-il laisser une trace écrite de sa pensée ? demanda Kouros.

- Je l'ignore, répondit Pomène. D'abord, le peut-on ? La pensée est d'air, insaisissable et ne se laisse pas enfermer dans des mots.

Certains ont essayé, pourtant.

- Oui, et on glose encore aujourd'hui sur ce qu'ils voulurent dire.

- Alors, il vaut mieux se taire ? fit le jeune homme.

- Socrate, Bouddha, Jésus semblent s'être tus, répondit le vieil homme, mais d'autres s'emparèrent de leur pensée, la déformèrent au point de la trahir.

- Alors, que faut-il faire ?

- Pourquoi insistes-tu ? dit le vieil homme en souriant. Penses-tu devenir un sage ? Allons, viens, aide-moi plutôt à marcher, allons au jardin écouter les oiseaux ! Il n'est rien de leur chant qui soit discutable. Il est à la fois question et réponse à la question.»

13.- Dieu et l'univers

Pomène s'ennuyait, pensait Kouros. Plus pour le distraire et lui donner le sentiment d'être utile que parce qu'il était obsédé par cette question, il aborda le vieux berger qui se promenait à pas lents, dans le village désert et lui dit :

« L'autre jour, nous parlions d'un dieu et tu disais qu'il était l'organisateur de l'univers, l'architecte pourrait-on dire. J'avais remarqué que tu n'avais pas employé le mot de '' créateur '' comme font la plupart des gens. Cela m'avait étonné.

- Oui, répondit Pomène, « le mot '' créateur '' à tort ou à raison suggère qu'à un moment donné, ce dieu aurait décidé de créer l'univers, ce qui me semble sinon impossible du moins étrange. Bien sûr, on peut imaginer qu'auparavant il se contentait d'être et que tout d'un coup lui serait venue la fantaisie de fabriquer quelque-chose.

- Donc, dit Kouros, tu penserais plus volontiers que de toute éternité Dieu et l'univers existent, le premier égal à lui-même, immuable, l'univers, lui, en perpétuelle évolution et ce, nécessairement, par la volonté de Dieu ».

Après un silence, Pomène dit rêveusement : « Ne serait-il pas plus logique de penser que Dieu et l'univers ne sont qu'une seule et même chose ? Dieu étant par définition parfait, l'univers, son œuvre, doit participer de cette perfection au point de se confondre avec Lui. Dieu ne peut être entièrement dans ceci, un peu moins dans cela, encore moins dans telle ou telle chose… S'il est partout, il ne peut être que ce tout, enfin, il me semble…»

Voyant que Pomène élaborait sa pensée en parlant et doutait de ses propres propos, Kouros s'enhardit : « A moins qu'il n'y ait pas de dieu. Que l'Univers soit seul, depuis la nuit des temps, et poursuive son évolution de son propre fait. »

Pomène rit : « Et il ne nous resterait plus qu'à appeler cet univers '' Dieu '' et le '' Rien '' se confondrait alors avec le '' Tout ''. Allons, viens jusque chez moi, nous allons boire un verre d'ouzo. Cette conversation m'a donné soif. »

14.- L'enfant et la mort

L'enfant - dix ans peut-être - s'approcha timidement de Pomène qui prenait le frais du soir au seuil de sa maison, assis sur un petit banc.

« J'ai entendu Kouros te dire qu'il avait peur de la mort. Pourquoi n'ai-je pas cette peur ? »

Pomène éclata de rire :

« Surtout ne vas pas t'imaginer pas que tu es plus sage ou plus courageux que lui. Bien sûr, tu es intelligent et sais qu'un jour ta vie prendra fin mais cela te paraît dans un avenir si éloigné que tu ne t'en soucies pas plus que nous ne nous soucions de ce qu'un jour notre planète disparaîtra et que le soleil s'éteindra.

- Pourtant Kouros n'a que quelques années de plus que moi et il a toute sa vie devant lui.

- Mais déjà, vois-tu, il ressent que le temps passe plus vite qu'à ton âge mais il n'en est pas conscient », dit Pomène.

Etonné, l'enfant demanda :

« Le temps n'est-il pas le même pour nous tous ?

- Eh non ! A mon âge, il passe encore plus vite. Je crois avoir observé qu'il s'écoule à une vitesse proportionnelle aux nombres d'années déjà vécues. Tout se passe comme si notre esprit, sans que nous nous en rendions compte, comparait la durée du temps que nous vivons à la totalité des années déjà vécues.

- Bien sûr, ajouta Pomène après un court silence, ce n'est là qu'une impression. Je ne suis pas sûr de moi. Je n'ai pas passé beaucoup d'années à l'école. »

Après un nouveau silence, il poursuivit :
« Mais, vois-tu, avec l'âge, viennent les douleurs du corps et la fatigue. Aussi, bien que les années nous paraissent de plus en plus courtes, chaque jour nous semble de plus en plus long. Bien avant la nuit tombée, nous aimerions qu'il prenne fin. »

Il n'est pas certain que l'enfant comprit les propos de Pomène, ce vieil homme qui peut-être commençait à perdre l'esprit.

15.- Qu'en est-il de la mort

L'air était doux. Assis côte à côte sur un tronc d'arbre que des bucherons avaient laissé là, les deux hommes avaient partagé un long silence. Le béotien aux yeux de l'athénien était moins béotien. Aux yeux de ce dernier, l'athénien était devenu un homme, différent de lui, supérieur certainement, mais si peu, respirant, transpirant comme lui et comme lui soumis au même destin.

« Selon toi, qu'advient-il de nous après la mort ? » demanda Pomène d'un air taquin, « Toi qui as étudié, as-tu une réponse qui comblerait mon ignorance ou mieux m'apporterait une espérance que je n'ai pas et que ton comportement me laisse penser que tu pourrais bien avoir ? »

Sortant de sa rêverie, il fallut quelques instants à Sophistas pour qu'il se rappelât le sage qu'il était aux yeux de tant de gens.

« Je ne me tiens pas pour beaucoup plus savant que toi, dit-il, J'ai certes fréquenté des cercles de réflexion et ma pensée s'est enrichie de ce qu'écrivirent de grands philosophes. Au début, il y aurait eu une minorité d'immortels, les athnatoï, vivant heureux sur l'Olympe, partageant les mêmes passions que les mortels. Les saints de notre nouvelle religion leur ressemblent assez …»

Il allait poursuivre, parler des thanaoï, soumis à la mort, de héros ou d'héroïnes comme Alcmine qui, nourrie de nectar et d'ambroisie sut se mettre à l'abri de l'issue fatale que craignent la plupart des hommes. Pomène l'interrompit :

« Mais qu'en est-il des êtres ordinaires comme moi, comme toi, à moins que tu ne fasses partie des dieux ou de ces demi-dieux que tu évoquais à l'instant.

- … De grands héros, poursuivit, imperturbable, l'athénien, comme les hoplites tombés à Marathon ou engloutis à Salamine, honorés par les historiens, connaissent une sorte d'immortalité…»

Une fois encore, Pomène l'interrompit :

« une sorte d'immortalité, dis-tu prudemment, parce que tu sais bien que la gloire posthume qui perpétue le nom d'un défunt n'a rien à voir avec une survie de ce qu'il fut, un être humain , c'est-à-dire un ensemble de cellules mystérieusement unies, contribuant à l'existence d'un esprit unique, produit et maître d'elles pour quelques dizaines d'années et probablement de même nature qu'elles. Après la mort, toutes ces cellules reprenant leur liberté, que devient cet être humain ? Reste-t-il de lui quelque chose qui ait gardé la conscience de ce qu'il fut et est-il possible qu'il vive encore d'une certaine façon ?

- … Et il y a les œuvres d'art, qui survivent à leurs auteurs, ajouta rêveusement Sophistas, qui les prolongent et témoignent de ce qu'ils furent.

- Oui, mais nous savons ce que valent les témoignages, répondit Pomène. Tout d'abord, les auteurs sont-ils sincères dans ce qu'ils disent d'eux-mêmes et vrais dans l'expression de leur pensée ? S'ils ne le sont pas, ils pourront peut-être laisser à la postérité une image prestigieuse mais mensongère en ce qu'elle ne sera pas représentative de ce qu'ils furent vraiment dans le secret de leur cœur.

- Oui, poursuivit Sophistas, et les statues peuvent être abattues et détruits les écrits.

- Et de toute façon, enchaîna Pomène, en ce moment nous ne parlons plus de la survie d'un être mais du souvenir qu'il peut laisser de lui, soit de ses hauts-faits, soit de ses œuvres.

- Les épicuriens considèrent la mort comme la fin d'un beau jour dans la chaude lumière d'un dernier banquet, ajouta rêveusement Sophistas.

- Ah ! L'interrompit Pomène, Voilà qu'à nouveau tu te réfugies dans la pensée d'autrui ; mais toi, toi ! Sophistas, crois-tu en la vie éternelle ?

- Oui, murmura l'athénien, comme s'il hésitait, oui, enfin je crois…. et puis, notre nouvelle religion nous la promet ; même la résurrection des corps… mais en ce qui me concerne…

- Je comprends, lui dit presque affectueusement Pomène, tu crois en la vie éternelle comme on croit qu'il pleuvra ou ne pleuvra pas demain.

- Oui, en fait, j'espère. »

« Tant tu tiens à toi-même ! », conclut le berger.

16.- De la morale

Kouros ce soir-là, contrairement à son habitude, paraissait de mauvaise humeur. Pomène s'en aperçut :

« Que t'arrive-t-il ?

- Mes parents. Toujours à me faire la morale. Me dire ce qui est bien, ce qui est mal. Ce qui se fait, ce qui ne doit pas se faire.

- Je vois.....

- J'ai peut-être tort, Pomène, mais je ne crois pas aux dieux, à la morale, à tout ça…

- Ah ! Ces jeunes qui mettent en cause tout ce que leur ont transmis leurs parents, dit le vieil homme. Il ajouta : Parce que tu associes la morale à la religion ?

- il ne faut pas ? demanda Kouros.

- Vois-tu, répondit Pomène, les abeilles, les loups, tous les animaux qui vivent en société respectent certaines règles, que l'on peut donc nommer une morale.

- Peut-être, bougonna Kouros.

- Crois-tu que les loups ait une religion, croient en nos dieux, en d'autres ou même en un dieu unique comme ce juif que j'ai rencontré l'autre jour ?

- Je ne crois pas. En fait je n'en sais rien. Et je n'ai pas envie de me risquer à questionner un loup. »

« Mais, poursuivit Kouros, si la morale n'a pas de rapport avec la religion, nous n'avons plus de raison à en pratiquer une. Que je sache, c'est la religion qui nous promet un séjour aux enfers plus agréable si nous nous sommes bien conduits. Si nous n'avons pas cette espérance, à quoi sert-elle ?

-Tu me choques, Kouros, dit le vieil homme, à penser que faire le bien n'a de raison d'être qu'en vue d'une récompense. Cela dit, poursuivit-il, si la morale n'est pas à l'origine des religions, celles-ci agissent comme tous les pouvoirs et exploitent cet ensemble de règles, voire en inventent d'autres, pour obtenir du peuple qu'il se conduise d'une façon conforme aux inté-rêts de ces institutions, à leur prospérité et leur pérennité, à ceux aussi qui les dirigent ou profitent de leur exis-tence.»

Enhardi, le jeune homme poursuivit :
« Donc j'ai encore raison : ce sont les religions qui nous poussent à respecter la morale. Sans religion, pas de morale ! »

- « Kouros » dit Pomène, « Kouros, tu oublies les loups ! »

17.- Pourquoi ne dites-vous rien ?

« Je me demande pourquoi vous ne dites rien? » dit Kouros au vieil homme, qui, pensif, regardait par la fenêtre les ombres du soir envelopper peu à peu les splendeurs du jour, adoucissant les unes, rendant inquiétantes les autres.

- Si je t'avais parlé, m'aurais-tu écouté ? répondit Pomène, Vois-tu, je n'ai rien dit et avant de me poser une question c'est toi qui t'es interrogé. »

18.- Peut-on dire la vérité ?

Il était déjà tard quand Kouros se rendit chez Pomène. Ce dernier était sur le point de réchauffer la soupe qui lui restait du matin. Comme le jeune homme avait l'air contrarié, il lui fit signe de s'asseoir sur la chaise près de la fenêtre. A travers le papier huilé, un reste de jour filtrait. Pomène n'alluma pas de bougie et s'assit à côté de lui. Ainsi leurs regards ne se croiseraient pas et le sien ne pourrait paraître inquisiteur ou moralisateur.

« Que t'arrive-t-il, Kouros ? » lui dit-il.

Il se tut et laissa le silence se frayer un chemin dans l'esprit du jeune homme, l'apaiser, laisser sa pensée se dégager de l'emprise des émotions. Après un assez long moment, Kouros s'exprima :

« J'ai critiqué Teknotos, mon patron, la façon dont il a l'habitude depuis toujours de faire. Pour fabriquer les coffres, il se prend de la façon suivante...

- Epargne-moi les détails techniques, Kouros. Si je devine bien, tu as trouvé une meilleure méthode que celle qu'il pratique depuis toujours...

- Oui !

- Et tu le lui as dit ?

- Oui !

- Et tu crois avoir eu raison ?

- Je le crois, oui !

- As-tu pensé qu'il ne pouvait que se vexer ?

- Non !

- Et cette meilleure façon de faire, l'as-tu expérimentée ?

- Non, puisque Teknotos s'est tout de suite fâché et m'a dit que j'avais du culot de vouloir apprendre son métier à un artisan confirmé dont tout le monde pense le plus grand bien.

- Donc, tu n'es pas vraiment certain que ta méthode est meilleure que la sienne.

- Si… pas tout-à-fait…. »

Kouros hésitait maintenant.

Après un assez long silence, Pomène se leva, versa deux verres de bière et dit :

« En fait, tu n'étais pas sûr de détenir la vérité. Donc tu n'aurais pas dû être aussi affirmatif. D'autre part, même si tu avais été certain d'avoir raison, tu aurais dû te mettre à la place de Teknotos. Tu aurais pesé tes mots et ne lui aurais dit que ce qu'il était capable d'entendre. Peut-être même n'aurais-tu rien dit. Si tu avais été très adroit, par petites touches tu aurais mis Teknotos sur la voie qui lui aurait permis d'en venir par lui-même à la manière de procéder que tu considères comme meilleure. Tu l'aurais même félicité d'y être parvenu.

- Cela aurait été de l'hypocrisie ! se récria Kouros.

- Et voilà les grands mots ! Pomène s'esclaffa. Ne viens-je pas à l'instant de te recommander de ne rien dire qui puisse heurter ton interlocuteur ? Es-tu certain de ne m'avoir pas heurté en qualifiant d'hypocrites mes conseils ?

- Pardonne-moi !

- « Bien sûr, parce que tu es jeune et que je suis vieux, mais saches que les petites offenses laissent des traces indélébiles, s'ajoutent les unes aux autres, sédimentent, fermentent et conduisent le plus souvent à une rancune grandissante.»

« Quant à la vérité, poursuivit Pomène, il faut d'abord être sûr de la détenir puis, cette certitude acquise, la manier avec d'énormes précautions. Parfois on peut la dire ou n'en dire que des bribes. Le plus souvent il vaut mieux la taire. »

19.- De la vérité

« Nous avons parlé l'autre jour de la vérité, dit Kouros tout en marchant aux côtés de Pomène qui partait faire sa promenade habituelle sur la colline d'où l'on voyait au loin la mer.

- Oui, en effet.

- Mais qu'est-ce que la vérité ?

- Ah en voilà une question ! dit Pomène. Des philosophes t'en donneraient certainement une définition complète et compliquée. Plus simplement, je te dirai que la vérité, c'est ce qui est. Cet arbre, ce ciel, cette mer, sont et sont donc la vérité. Je suis Pomène et tu es Kouros. Je viens d'énoncer deux vérités.

- Et Teknotos que nous ne voyons pas, est-il vrai qu'il existe ?

- Oui, nous en sommes à peu près certains mais il reste un doute parce que nous ne le voyons pas et qu'il pourrait être mort.

- Pourquoi veux-tu qu'il soit mort ?

- Parce que tu l'aurais tué après votre dispute de l'autre jour ! » dit Pomène en riant.

Il reprit, plus sérieusement :

« La vérité, c'est ce qui est, ce dont nous sommes certains que cela est.

- Si Teknotos était mort nous ne pourrions plus dire qu'il est ?

- Non, il resterait de lui pour quelques temps un assemblage de molécules qui auraient participé à son existence. Mais lui, Teknotos ne serait plus. Un ensemble de phénomènes aurait disparu qui font que son existence est possible.

- Tu ne parles plus de vérité , remarqua Kouros, mais de possibilité.

- C'est la même chose, répondit Pomène. Tout ce qui est possible existe et si quelque chose n'existe pas, c'est qu'il manque quelque chose à ce qu'elle soit possible. La vie, dans le cas d'un Teknotos que tu aurais tué. Demain, si tu épouses Parphène, peut-être aurez-vous des enfants. Alors ils seront. Pour le moment, il manque trop de conditions à leur existence. Donc, ils ne sont pas. La pensée que tu puisses en avoir un jour, elle, est vraie, mais en tant qu'idée.»

« Bon, dit Kouros, il faut que j'aille voir Teknotos…

- Tu ne l'as donc pas tué ? » dit Pomène en riant.

20.- De la survie individuelle

« Tu sais, Pomène, dit Kouros tu sais, ce chrétien affirmait qu'après notre vie sur terre, nous la poursuivrions dans le ciel.

- Oui, je me souviens et nous autres, quand nous croyions encore en notre propre religion, nous pensions que nous continuerions à vivre d'une certaine façon en un lieu que nous nommions les enfers, répondit Kouros.

- En vérité, ajouta Pomène, je ne vois pas pour quelles raisons les dieux nous accorderaient une seconde vie, à moins que nous l'abordions après nous débarrassés de tous nos défauts, c'est-à-dire - je le crains – de tout ce qui fait que nous sommes ce que nous sommes, auquel cas, je crains qu'il ne reste rien de nous…. »

Il se tut puis ajouta :
« Si ce n'est un souffle ».

21.- Vivre en pensant à la mort

Les doigts de rose de l'aurore se devinaient à peine à l'horizon et ne vaincraient que plus tard l'aube blafarde. Pomène, déjà debout parce que tout jeune il avait été dressé à se lever tôt, avait pourtant du mal à aborder ce jour de plus. Mal réveillé - en ce temps-là, on ne connaissait pas encore le café en Béotie - il était assis sur son banc, devant sa maison, attendant, plus qu'il ne méditait, que l'envie lui vînt de vivre un jour de plus.

Déjà le soleil venait lécher les façades bleues des maisons de sa ruelle qui commençait à s'animer. Parmi les gens qui passaient, Il vit Parphène qui allait chercher de l'eau à la fontaine, entendit le forgeron qui à quelques maisons de là, commençait à marteler je ne sais quoi, contribuant à modifier le monde.

« Devons-nous vraiment vivre ? lui dit Kouros qui s'était arrêté pour le saluer, comme si nous ne devions jamais mourir ? Ou bien prendre du bon temps en sachant que nos jours sont comptés ?

- Je vois, fit Pomène en riant - rien ne le réveillait mieux que l'esprit d'autres venant se frotter au sien - je vois que tu n'as guère envie d'aller travailler ce matin.

- Si tu ne savais pas que tu devais mourir un jour, tu reporterais au lendemain la réalisation de tous tes projets et jamais ne les réaliserais, ajouta-t-il.

- Mais je n'en réalise déjà aucun, fit Kouros, un peu honteux.

- Parce que tu es encore très jeune et ne te rends pas compte que le dieu du temps peut te dévorer demain.

- Mais si je pensais que je pourrais mourir demain, rétorqua Kouros, Je me dirais : "à quoi bon ?" et ne ferais rien non plus. »

Pomène resta songeur un long moment et reprit :
« En fait c'est notre ignorance qui nous conduit à l'action : l'ignorance du lendemain, le doute que nous avons quant à notre liberté, l'ignorance que nous avons de notre condition de simple créature qui elle-même fait naître en nous des ambitions dérisoires.

- Alors, devons-nous vraiment vivre avec en nous, toujours présente, l'idée que nous allons mourir ? demanda Kouros.

- Je l'ignore, répondit Pomène. Il faudra que nous demandions cela à plus savant que nous, à cet athénien, Sophistas, qui m'a-t-on dit est encore dans les parages. En attendant, pense à Parphène, à l'amour ! Essaie aussi de prendre plaisir à faire tout ce que tu fais et si un verre d'ouzo peut t'aider à supporter les pensées funestes…

- Doit-on oublier que nous allons mourir ?

- Non, certes, sinon nous ne ferions rien et reporterions tout au lendemain. Nous devons nous apprivoiser à l'idée que nous allons mourir mais en attendant d'y être parvenus, une légère ivresse peut nous aider.

Vois-tu, il faut être bon avec tout le monde mais déjà avec soi-même.»

22.- La tristesse de l'homme riche

Le lourd portail venait de se refermer d'un coup sec. Pomène et Kouros qui l'avait accompagné dans sa démarche, se retrouvèrent sur le chemin de terre où ils avaient attaché leurs ânes à un vieux chêne à l'ombre duquel ils s'étaient reposés du long chemin qu'ils avaient parcouru. Le soir tombait. Les cigales craquetaient dans l'air chargé de l'odeur des pins.

« Il vous a bien reçu, dit le jeune homme, tout en marchant.

- Oui.

- Bien qu'immensément riche, ce monsieur, Ploutos, je crois, avait l'air très gentil.

- Il l'est.

- Il nous a bien reçus.

- Oui.

- Il vous a donné plus d'argent que vous ne lui en aviez demandé pour cette institution dont vous vous occupez.

- Beaucoup plus, dit Pomène en dénouant les cordes qui retenaient les ânes au tronc noueux du vieux chêne.

- Avez-vous remarqué à quel point sa maison est belle, simplement meublée pourtant, avec un goût très raffiné. Et puis, tous ces objets d'art, ces peintures mu-rales, ces mosaïques, les avez-vous vus ?

- Oui, et admirés.

- Et pourtant, ajouta Kouros, cet homme n'avait pas l'air heureux. Peut-être est-il malade. Pourtant il n'est pas très âgé.

- Pas très âgé, en effet.

- Peut-être est-il très malade et va bientôt mourir. Peut-être craint-il de devoir abandonner toutes ces mer-veilles ? ajouta Kouros, très marqué par cette visite et la gentillesse de l'accueil dont ils avaient été l'objet par un homme aussi important.

- Peut-être, fit Pomène. Admirons plutôt ces oli-viers qui au loin paraissent presque bleus. Ils ne nous appartiennent pas. Et la mer. Et le ciel. Nous les voyons. Puis nous ne les verrons plus. Et tout est bien ainsi. Tiens, aide-moi à monter sur mon âne ! »

23.- Masque et carapace

Cela faisait bien une heure que Pomène écoutait Sophistas répondre à une question que l'un et l'autre avaient oubliée. L'athénien avait cité à l'appui de sa démonstration tant d'auteurs illustres que Pomène ne connaissait que de nom, parlé des diplômes qu'il avait reçus et des concours d'éloquence qu'il avait remportés et tout cela en si belles phrases balancées, que le béotien en avait écouté la musique, d'abord avec plaisir, puis, peu à peu, avec ennui. De plus, le soleil disparu, il commençait à faire froid et Pomène avait envie de rentrer chez lui se réchauffer un peu de la soupe qui lui restait de ce matin et de la manger avec un peu de pain trempé, suivie de fromage de brebis.

Il l'interrompit :
« Je ne suis qu'un berger, tu le sais et ne dois pas faire grand cas de moi. Pourtant, permets-moi de te dire que je vois mieux en toi que tu ne l'imagines. Tu ne te montres pas tel que tu es au fond de ton cœur. Tu te conduis comme ces acteurs qui en scène cachent leur visage et donc leur pensée sous un masque hypocrite…
- Tu m'as déjà fait une remarque semblable, dit Sophistas, quand tu me fis remarquer que j'étayais mon discours de citations …
- Oui, comme si tu pensais ta propre pensée peu convaincante livrée à elle-même.
- C'est vrai.

- Pourtant, tel que je t'observe depuis quelques minutes, tu n'es ni timide ni modeste puisque tu aimes te montrer à ton avantage.

- Tu es cruel.

- Franc et bien disposé à ton égard. Mais tu as une haute opinion de toi-même ou plutôt du rang que tu occupes dans la société. Pourtant, tu es modeste quant à ce que tu pourrais penser par toi-même, puisque tu ne te risques pas à l'exprimer mais tu es fier d'être instruit et de pouvoir citer tant d'auteurs illustres. Puis-je me permettre de te demander pourquoi tu ne te défais pas de ton masque, ici, en Béotie, en face de moi dont tu sais que tes propos sont trop savants pour moi et qu'ils ne m'impressionnent pas. Ne devines-tu pas que j'ai compris que, dits simplement, ils se ramèneraient à des idées simples, assez proches de celles que je vais cueillir dans le ciel ?

L'athénien réfléchit et après un assez long silence, répondit :

« Habitué à porter ce masque à longueur d'années et en toute circonstance, peut-être ne suis-je plus capable de l'ôter…

- Peut-être, renchérit Pomène, ce masque de cuir que tu n'as jamais déposé fait-il maintenant corps avec ta peau. Comme si, entouré d'une carapace que tu te serais construite, elle avait privé d'air et de lumière la chair qui était à l'intérieur et l'avait asphyxiée… »

L'athénien se rappela soudain sa condition aristocratique, se leva brusquement, rapprocha les pans de son vêtement et les ferma d'une fibule ornée de pierres précieuses. Toisant le vieux berger, il lui jeta :

« Sais-tu que j'ai des amis, même dans ta contrée sauvage, et que je pourrais te faire châtier pour ton impertinence ?

- Je n'en doute pas, dit Pomène, je savais cela avant même notre rencontre, tant est célèbre ton nom et tes mérites connus de tous. Mais vois-tu, ne tenant à rien, même pas à moi-même, je me sens, je me sais plus puissant que toi. Quant à toi, il t'a manqué de souffrir…

- J'ai souffert.

- Oui, tu as eu des peines de cœur, on me l'a dit et certaines de tes légitimes ambitions n'ont pas été comblées d'honneurs à la hauteur de tes désirs… mais je parle des souffrances du corps, de celles qui nous font rouler par terre en hurlant. Il t'a manqué qu'un pied négligeant ou cruel écrase la grenade à laquelle je te compare, et en fasse jaillir et se répandre ses fruits rouges chargés de lumière. »

A son tour, Pomène se leva, tourna le dos à l'athénien et s'en fut, se dirigeant vers le village, marchant péniblement appuyé sur une branche un peu tordue qui lui servait de canne.

24.- Du pardon

Et qu'en est-il du pardon ? demanda Kouros à Pomène.

- Je vois que tu as encore discuté avec l'un de ces juifs ou chrétiens qui passent par notre province en ce moment. Le pardon est tellement étranger à nos habitudes.

- C'est vrai, concéda Kouros.

- Notre tradition prévoit plutôt que nous ne pouvons tirer un trait sur la faute, renoncer à la vengeance et en venir à la réconciliation que s'il y a de part du fautif un remords et la volonté de se conduire désormais différemment.

- Les juifs et les chrétiens parlent du pardon comme d'un don.

- Oui, je sais, mais je sais aussi que pour être pardonnés de je ne sais quoi ils immolent des animaux innocents.

Pardonner ne serait-ce pas se libérer l'esprit d'un ressentiment et parvenir à une réconciliation avec celui qui nous a nui pour reprendre avec lui les choses comme s'il ne s'était rient passé ?

- Alors il s'agit d'oubli, d'un oubli volontaire, ce qui à mon avis, consiste à entraver la présence de notre esprit. Cela ne me paraît ni bon ni sans danger.
Après un silence, Pomène ajouta : Je préférerai toujours à toute autre attitude que notre esprit reste présent dans ce que nous faisons. Cela peut nous conduire à la compassion à l'égard d'une personne dont nous comprenons les faiblesses, mais aussi à la prudence. Nous couvrons

alors d'un voile la faute commise, renonçant à la vengeance mais l'idée que nous nous faisons de la personne qui nous a offensés reste à jamais modifiée. Jamais il n'y a de réconciliation totale entre deux êtres qui d'ailleurs ne sont plus les mêmes. Le fautif se souvient de sa faute et nous gardons en nous une méfiance à son égard. Et si je suis le coupable, quoi que dise la personne que j'ai offensée, le souvenir que je partage de la faute commise ne me quittera pas tout-à fait.

- C'est dur !

- Oui, conclut Pomène. Ce qui est dit est dit et fait ce qui est fait. D'où la nécessité d'agir toujours avec circonspection.

- Aurions-nous du mal à nous pardonner à nous-mêmes ? se risqua Kouros.

- Là encore, je ne pense pas m'être vraiment jamais pardonné quoi que ce soit. Probablement, me surestimais-je, et m'étais cru capable de mieux faire. C'est pourquoi il convient d'être modeste et de toujours bien comprendre dans quelles circonstances, nous nous conduisîmes de telle ou telle façon.

- Et nous en revenons à la compassion, ajouta rêveusement Kouros.

- Oui, conclut Pomène, Il ne faut jamais oublier d'être bon à l'égard de soi-même. Pas trop. Bien sûr ; un peu, tout de même

25. - De l'amour de Dieu

« Zeus nous aime-t-il ?, demanda un jour Kouros au vieux berger.

- Le crois-tu semblable à nous ? dit Pomène, crois-tu qu'il puisse éprouver des sentiments comme toi et moi. Si c'était le cas, tout participant de Lui, Il nous aimerait comme nous aimons nos mains ou nos pieds. Mais nous sommes-nous posés ces questions ? Ce sont nos mains et nos pieds, voilà tout.

- et nous, devons-nous l'aimer ?

- Oui, comme nous aiment nos mains et nos pieds, répondit Pomène en riant. Nous sommes d'ores et déjà une partie de Lui comme nos membres font partie de nous et plus tard, bientôt peut-être, nous nous résorberons totalement en Lui. Nous sommes donc soumis à l'ordre universel qu'Il est ou qu'Il a créé. Voilà tout. Il n'est pas question d'amour.

- J'ai un peu froid, dit Kouros.

- Oui, je comprends, conclut Pomène. »

26.- Courage et dénuement

Un matin, à l'aube, avant même qu'il ne quitte sa chaumière pour se rendre à son jardin, Pomène vit arriver un petit groupe d'hommes à cheval et à sa tête Ploutos, l'homme riche qui discrètement, depuis des années, l'aidait par ses dons à faire un peu de bien autour de lui.

Ploutos descendit de sa monture et les serviteurs qui l'accompagnaient se retirèrent sous les arbres d'un petit bois, à deux pas du village. Au hennissement du cheval, Pomène sortit sur le pas de la porte et accueillit son visiteur d'un sourire silencieux et fraternel.

« Que t'arrive-t-il, Ploutos ? Ton visage est sombre. Ton âme semble torturée…

- Elle l'est.

- Assieds-toi ! Je vais te chercher quelque chose à boire, un peu d'eau fraîche troublée par un peu de liqueur d'anis. »

Les deux hommes s'assirent côte à côte. Les regards de ne pas se croiser pouvaient, dirigés sur le paysage entrevu par la porte laissée ouverte, communier dans une même contemplation silencieuse.

« J'aurais pu, par mon témoignage, sauver de la mort un condamné innocent, mais je ne l'ai pas fait. Je n'ai pas voulu ternir ma réputation auprès du gouverneur de notre région, finit par dire Ploutos.

Pour le faire, ajouta-t-il après un assez long silence, je me serais mis en danger moi-même, ma vie peut-être, mes biens probablement, ce qui en soi n'aurait pas été grave si cela ne signifiait pas dépouiller mes enfants de leur héritage et peut-être pire encore. Tu sais à quel point les romains, derrière le vernis qu'ils nous doivent, sont restés des barbares sanguinaires.

- Je comprends, fit Pomène

- J'ai été lâche, dit Ploutos.

- Non, corrigea Pomène, tu n'as pas été lâche ; tu t'es conduit en lâche.

- Quelle différence ?

- Pour être courageux, il t'aurait fallu risquer ta vie et tes biens et mettre en danger tes enfants. C'est très difficile de faire cela.

- Donc, dit Ploutos, Il est impossible d'agir bien si l'on est riche et que la vie d'autres personnes dépendent de nous ?

- Très difficile, dit Pomène, facile, lorsque, comme moi, on a renoncé à tout, mais alors le plus souvent inutile, parce que si l'on a renoncé à tout on n'a pas de pouvoir et n'exerce aucune influence.

- Alors ? demanda Ploutos, quelle est la bonne voie ?

- Je ne sais pas, conclut Pomène, Tiens reprends une coupe de cette liqueur. »

Il aimait et admirait son ami mais ne pensait pas que ce fût son destin de devenir ce que les juifs appelaient un '' juste ''. Et Ploutos n'y était pour rien.

27.- De l'origine de la compassion

« J'ai rencontré, au détour d'un chemin de la colline, un homme étrange, barbu, un juif, je crois, dit Kouros à Pomène au retour de son travail.

- Un chrétien, l'interrompit Pomène, je l'ai rencontré aussi, il voulait me convertir à son étrange religion.

- Oui, moi aussi ! poursuivit Kouros ; Il parlait de son dieu en disant le '' Bon Dieu ''…

- Quel orgueil ! s'esclaffa Pomène qui ce matin était d'humeur folâtre. Juger Dieu ! Comment un simple mortel peut-il se permettre de juger son créateur, en l'occurrence le dire bon, selon ses propres critères moraux.

- Mais n'en fais-tu pas autant, Pomène, quand tu décris d'une façon admirative l'ordre du monde comme celui d'un combat entre les hommes, les animaux, les plantes, les éléments eux-mêmes…

- Sinon, répondit Pomène, que je ne me permets pas de dire que l'ordre qui régit l'univers est bon ou mauvais. Je le trouve d'ailleurs impitoyable, mais ce n'est pas là un jugement ; juste une constatation, selon ma propre façon de voir les choses, avec le peu d'intelligence qui me fut donné.»

Bien que la journée touchât à sa fin, il faisait encore très chaud. Les deux compagnons s'arrêtèrent auprès d'une fontaine et s'assirent dans les herbes hautes. Pomène tendit sa gourde à Kouros pour qu'il pût apaiser sa soif.

« Il y a des moments où l'on pourrait croire qu'une lumière vient éclairer la dureté de l'ordre du monde, dit Kouros, quand, par exemple, une oiselle vient donner à l'oiselet resté au nid ce qu'elle s'est donné le mal de chercher pour lui.

- Un vermisseau qu'elle a tué, remarqua Pomène en riant, ajoutant : et en plus elle agit ainsi pour que son espèce se perpétue et prospère. Souviens-toi, de ce que nous avons dit de la morale ! »

Kouros avait du mal à accepter la cruauté du monde. Il reprit la parole.

« Et le jeune homme qui, il n'y a pas si long-temps, au péril de sa vie, plongea dans la rivière sans prendre le temps de réfléchir, pour sauver un homme qui se noyait, toujours cet instinct de sauver l'espèce ? Cet homme était âgé…

- Peut-être, fit Pomène, mais tu dis toi-même qu'il n'avait pas pris le temps de réfléchir, de voir peut-être que cet homme était vieux. Sinon, aurait-il sauté pour sauver un vieillard, inutile à la société des hommes ?

- Et s'il avait sauté quand même ?

- Alors oui dit Pomène, on aurait pu parler de charité, de compassion, de quelque chose qui dépasse l'instinct de survie de l'espèce.

- Tu sais, reprit Kouros, le chrétien que j'ai ren-contré m'a parlé d'un certain Christos, mis en croix par les romains et qui manifesta de la compassion pour ses bourreaux.

- Je sais, concéda le vieil homme, dans ma longue vie, j'ai vu des victimes pardonner à leurs bour-reaux et je me suis laissé dire qu'une d'entre elles fit semblant de moins souffrir pour que les remords de son tortionnaire ne fussent pas trop lourds à porter.

- Alors, dit Kouros, tout cela ne montre-t-il pas qu'il existe des phénomènes qui échappent aux lois qui régissent l'univers ? Et ces phénomènes viennent-ils de Zeus ou viennent-ils en contradiction avec ses lois, ce qui voudrait dire qu'il n'est pas tout-puissant ? Qu'il se passe des choses qui échappent à son contrôle ?

- Comment Dieu ne serait-il pas tout-puissant ? Il se peut qu'au-delà des lois que nous entrevoyons et qui régissent l'univers, il y en ait d'autres que nous ignorons et sont en contradiction apparente avec celles que nous pensons connaître. Zeus peut s'offrir d'ériger des lois contraires. Pour moi, cela reste un mystère.

28.- Insecte et brin d'herbe

Tandis que le vieux berger quittait le village pour aller se promener dans l'oliveraie, sur la colline voisine, Kouros l'aborda.

« Pomène, lui dit-il, j'ai rencontré un homme qui t'aurait plu. En marchant, il évitait d'écraser tout insecte et même, s'il m'en souvient bien, tout brin d'herbe.

- Ah ! Et pourquoi m'aurait-il plu ?

- Oui, il ne voulait pas par sa présence, ses actes, son souffle même, modifier en quoi que ce soit l'ordre du monde.

- Quel orgueil ! répondit Pomène. Quel orgueil d'imaginer que l'on puisse être soi-même en dehors de l'ordre du monde, de s'en extraire, de ne pas assumer sa condition d'homme, soumis aux lois universelles comme le sont les lions et les brebis, la coccinelle et le puceron. »

29.- Mort de Pomène

Pomène était las de souffrir dans son corps depuis tant de mois, d'années. Au matin d'un jour d'automne, il cessa d'hésiter et prit sa décision. Il se rendit dans la resserre contigüe à l'unique pièce de sa modeste maison. Il prit deux grosses poignées de feuilles de diverses plantes cueillies au fil des jours et disposées avec soin sur des clayettes, au sec dans l'obscurité. Il en connaissait les propriétés calmantes à l'extrême.

Revenu dans la salle, il les mit dans un chaudron qu'il emplit d'eau. Il mit quelques herbes sèches dans l'âtre, les enflamma et les couvrit de brindilles puis de quelques branches, mit le chaudron sur les flammes, porta le tout à ébullition et le laissa bouillir quelques minutes. Puis, après l'avoir un peu laissée refroidir, il versa cette décoction, adoucie de miel, dans une gourde.

Bien que la température fût encore douce, pardessus sa tunique il se drapa d'un manteau de laine à capuche, prit la gourde de cuir et se dirigea vers le petit bois où il avait coutume de se promener et de méditer. Il retrouva un fourré qu'il avait repéré quelques jours auparavant, très touffu à l'extérieur, moins dense en son milieu. Il s'y glissa et encore assis, but à petites gorgées la décoction qu'il avait emportée. Puis il s'allongea, se couvrit de broussailles et rabattit sur son visage la capuche de son manteau. Celui-ci était marron et se confondait presque avec la couleur des feuilles tombées.

Bientôt il ne sentit plus ses pieds, puis ses jambes, ni ses mains. Il comprit que l'heure était venue de ne plus être, soupira et mourut peu après.

Au pas d'un loup blessé
J'irai dans la forêt profonde
A l'abri des ombres chaudes

Dans les feuilles tombées
Qui lentement se recomposent
Je veux en elles me confondre

Le jour levé, moi disparu
Elles me seront une tombe
Aux rêves enfin tus

Sommaire

Du même auteur

Poésie, Librairie LGR Racine (2019)

Voyage en Aplostan, Z4 Editions (2019)

Canal 14 (roman écrit en collaboration avec Annie Deveaux
Berthelot Le Lys Bleu éditions (2018)

Le temps d'un sein nu
Dialogues de Béotie chez Belladone éditions (2017)

Flashes sur une vie sans importance, suivi de Fables et contre-
Fables, Editions du Puits de Roulle (2015)

Langue Française et Poésie (poche), Editions du Puits de
Roulle (2015)

Les Chemins du Silence, Editions du Puits de Roulle (2014)

ULTIMA VERBA, une vie de poésie, Editions du Puits de
Roulle (2013)

 Langue Française et Poésie, Editions du Puits de Roulle (2012)

A l'embaumée des fleurs, Editions du Puits de Roulle (2011)

Fables et contre-fables, Editions AGC (2010)

Il n'y a pas d'hiver, Librairie LGR Racine (2010)

Du silence à l'éveil, Librairie LGR. Racine (2009)

Achevé d'imprimer en juillet 2019
Pour le compte de Z4 Editions